Trip yr Ysgol

**Storïau Bob Eynon**
**o Wasg y Dref Wen**

*\* hefyd ar gael ar gasét yng nghyfres*
LLYFRAU LLAFAR Y DREF WEN

# Bob Eynon

# TRIP YR YSGOL

DREF WEN

Lluniau gan Terry Higgins

© Bob Eynon 1992

Cyhoeddwyd gan Wasg y Dref Wen,
28 Ffordd yr Eglwys,
Yr Eglwys Newydd, Caerdydd CF14 2EA
Ffôn 029 20617860

Argraffwyd ym Mhrydain.

Argraffiad cyntaf 1992
Adargraffwyd 1994, 2000

I Mary a Cennard

# 1.

Roedd Miss Griffin yn edrych ar y môr pan ddaeth Dai Williams i eistedd wrth ei hochr. Roedd y dec bron yn wag. Roedd y teithwyr eraill yn lolfa'r llong, neu yn eu gwelyau. Bu'r diwrnod yn un hir, a byddai'r llong yn cyrraedd Santander yn gynnar yn y bore.

"Felly dydych chi ddim wedi mynd i'r gwely eto," meddai Dai Williams gan gynnau sigarét.

"Nac ydw," atebodd Miss Griffin. "Mae'n dda gen i fod yma'n gwrando ar sŵn y môr, ac mae'r tywydd mor hyfryd."

Edrychodd Dai ar y lleuad lawn.

"Rydyn ni wedi bod yn lwcus gyda'r tywydd," meddai. "Mae'r môr yn dawel iawn."

"Ydy."

Roedd Miss Griffin yn meddwl am Sbaen. Athrawes Sbaeneg oedd hi yn Ysgol Uwchradd Cwm Alaw. Roedd hi'n hapus iawn i fod ar ei ffordd yn ôl i Sbaen am y tro cyntaf ers blynyddoedd.

"Ydy Oviedo'n bell o Santander?" gofynnodd Dai Williams yn sydyn. "Dydw i ddim wedi edrych ar y map eto."

Gyrrwr y bws mini oedd Dai, ac roedd yn gyfrifol am Miss Griffin a'r chwech o bobl ifanc yn y bws.

"Nac ydy," atebodd yr athrawes. "Ond dydy'r ffyrdd ddim yn dda yng ngogledd Sbaen."

"Ydych chi wedi bod yn Oviedo o'r blaen?"

"Ydw, unwaith, pan oeddwn i'n ifanc."

Chwythodd Dai fwg i'r awyr.

"Dydych chi ddim yn hen nawr," meddai wrthi.

Trodd Miss Griffin a gwenu arno.

"Deugain," meddai hi. "A chi, Mr Williams?"

"Hanner cant," atebodd. "Bron hanner cant ac un."

"Mae'r amser yn hedfan," sylwodd yr athrawes.

Nodiodd y gyrrwr ei ben.

"Dydw i ddim wedi cael cyfle i ddod i nabod y bobl ifanc eto," meddai. "Ond maen nhw'n ymddangos yn rhai hyfryd."

"O, ydyn. Gobeithio y byddan nhw'n mwynhau'r trip. Fe fyddan nhw'n sefyll arholiad y TGAU yn yr haf, ac mae pob un ohonyn nhw'n astudio Sbaeneg."

"Dyna pam rydych chi'n dod â nhw i Sbaen?" gofynnodd Dai.

"Nage. Gefeilldref Cwm Alaw ydy Oviedo. Dewiswyd pedwar bachgen a dwy ferch i gynrychioli Cwm Alaw, ac mae cyngor y cwm wedi talu am y trip."

"Beth ydy enw'r bachgen sy'n rhoi help i fi gyda'r bagiau?" gofynnodd Dai Williams.

"Arfon," meddai Miss Griffin.

"Bachgen ffein yw e," sylwodd Dai.

"Ydy," cytunodd yr athrawes. "Roedd Arfon mewn dosbarth A fel y lleill, ond aeth e i lawr i ddosbarth B ddwy flynedd yn ôl. Fe gafodd ei rieni ysgariad ac ar ôl yr ysgariad fe ddechreuodd e golli diddordeb yn ei waith ysgol i gyd, ac eithrio chwaraeon. Dyna pam mae e ar y trip. Mae e'n cynrychioli adran ymarfer corff yr ysgol."

"Beth am y bachgen tal, yr un â'r gwallt golau?"

"O, Jonathan. Mab y maer yw e."

Nodiodd Dai Williams ei ben ond ddywedodd e ddim gair. Doedd Jonathan ddim wedi gwneud argraff dda arno. Roedd Dai wedi sylwi bod Jonathan yn chwerthin am ben Arfon y tu ôl i'w gefn. Roedd yn gallu rhag-weld y byddai trafferth rhwng y ddau fachgen yna cyn diwedd y trip . . .


## 2.


"Fe gaiff Rambo fynd â'r bagiau ar y bws mini," ebe Jonathan yn wawdlyd wrth Hayley a Judith ar ôl iddynt fynd drwy'r dollfa ar ddociau Santander.

Ac yn wir roedd Arfon — neu Rambo fel roedd Jonathan yn ei alw pan nad oedd Arfon yn gwrando — wedi dechrau helpu Mr Williams yn barod. Cyn hir roedd pawb a phopeth yn y bws mini a chychwynnodd y gyrrwr y peiriant. Gadawson nhw dai gwyn Santander y tu ôl iddynt, a dilyn y ffordd rhwng môr glas Bae Vizcaya a mynyddoedd uchel y Cantábricos.

Yn y bws dechreuodd Jonathan siarad yn dawel â

Christopher a chwerthin am ben Arfon.

"Does dim ymennydd 'da Arfon o gwbl," meddai dan chwerthin. "Dim ond cyhyrau. Fe fydd rhaid inni esbonio popeth wrtho fe'n araf yma yn Sbaen."

A dweud y gwir roedd ymennydd da iawn gan Arfon, ac roedd e'n gwybod bod Jonathan yn chwerthin am ei ben wrth y lleill. Ond roedd wedi dysgu meddwl cyn ymateb. Roedd e'n gwybod ei fod yn lwcus i fod ar y trip. Fyddai ei fam byth yn gallu talu iddo ddod i Sbaen. Doedd Arfon ddim yn mynd i sbwylio'r trip trwy gweryla gyda Jonathan nac unrhyw un arall.

Cyraeddasant Oviedo am bedwar o'r gloch. Roedd maer y dref a grŵp o gynghorwyr yn disgwyl amdanynt yn neuadd y dref. Ar ôl gair o groeso a pharti bach, aeth y grŵp o ymwelwyr i'w gwesty mewn ardal dawel o'r dref.

Roedd y gwesty'n fodern ond yn fach, ac roedd rhaid iddynt rannu ystafelloedd.

"Jonathan a Christopher — ystafell 7," cyhoeddodd Miss Griffin ar ôl siarad â pherchennog y gwesty. "Hayley a Judith — ystafell 10. Dean ac Arfon — ystafell 15."

Pan gyrhaeddodd Jonathan ei ystafell, dechreuodd gwyno ar unwaith wrth Christopher.

"Roedd y croeso yn neuadd y dref yn ofnadwy," meddai gan ddisgyn yn drwm ar ei wely.

"Oedd?" meddai Christopher. "Pam?"

Chwarddodd Jonathan yn chwerw.

"Sudd oren a theisen," meddai. "Sudd oren yn Sbaen!"

Dechreuodd Christopher dynnu ei ddillad o'i fag.

"Beth oeddet ti'n ddisgwyl?" gofynnodd.

"Sieri, wrth gwrs; neu win o leiaf."

"Trip ysgol ydy hwn," atebodd Christopher. "Fyddan nhw ddim yn rhoi gwin inni."

Cododd Jonathan ei ben o'r glustog.

"Welaist ti'r arwydd 'na ar y ffordd i'r gwesty?" meddai.

"Arwydd . . . Pa arwydd?"

"Mae disgo jyst rownd y gornel. Pum munud o gerdded efallai."

Edrychodd Christopher arno'n amheus.

"Yn ôl Miss Griffin, mae'n rhaid inni fod yn y gwesty erbyn naw o'r gloch," meddai.

Chwarddodd Jonathan eto.

"Fy nhad i drefnodd y trip 'ma," atebodd. "Dydw i'n poeni dim am Miss Griffin. Rydw i'n mynd i'r disgo heno."

### 3.

"Beth rwyt ti'n feddwl o Judith?" gofynnodd Dean yn sydyn.

Sipiodd Arfon ei goffi. Roedd tegell, te a choffi yn yr ystafell, a hefyd rhewgell oedd yn llawn o ddiodydd ysgafn.

"Mae Judith yn hyfryd," atebodd. "Pam?"

"O, dim byd." Petrusodd Dean am eiliad. "Wel, a dweud y gwir, rydw i'n ffansïo Judith."

Rhoddodd Arfon ei goffi i lawr ac agorodd gylchgrawn chwaraeon.

"Wyt ti wedi gofyn iddi hi fynd allan gyda ti?"

gofynnodd heb edrych i fyny.

Siglodd Dean ei ben.

"Dydw i ddim wedi mentro eto," cyfaddefodd dan gochi tipyn.

Ddywedodd Arfon ddim gair.

"Wyt ti'n ffansïo Hayley, Arfon?"

Cododd Arfon ei ben a syllu ar ei ffrind.

"Pam rwyt ti'n gofyn hynny?"

"O, dim byd. Ond rydw i wedi sylwi arnat ti'n edrych arni."

Cododd Arfon ei ysgwyddau.

"Mae hi'n bert iawn," meddai. "Ond mae hi'n ffansïo Jonathan."

"O, Jonathan. Dim ond poen yw e!"

Clywsant gamau yn y coridor, yna sŵn rhywun yn curo ar ddrws.

"Dyna Jonathan yn ymweld â Hayley nawr, mwy na thebyg," ebe Arfon. Yna trodd i dudalen nesaf y cylchgrawn a dechrau darllen.


"Dewch i mewn!"

Agorodd Jonathan y drws a gweld Hayley yn eistedd mewn cadair freichiau gan ysgrifennu llythyr. Roedd Judith yn eistedd ar ei gwely gan sychu ei gwallt â thywel.

Caeodd Jonathan y drws y tu ôl iddo a dweud,

"Rydw i'n mynd i'r disgo. Ydych chi'n dod?"

Edrychodd y merched arno'n syn.

"Ond mae'n ddeg o'r gloch," meddai Hayley, "ac fe ddywedodd Miss Griffin . . ."

"Mae hi wedi newid ei meddwl," ebe Jonathan yn gelwyddog. "Mae hi wedi mynd allan gyda'r gyrrwr. Dewch. Fyddwn ni ddim yn hwyr yn dod 'nôl."

Siglodd Judith ei phen.

"Rydw i newydd olchi fy ngwallt," meddai.

Ond roedd Hayley yn meddwl am y cynnig. Doedd hi ddim yn ymarfer ei Sbaeneg yma yn y gwesty.

"Pwy sy'n mynd?" gofynnodd. "Mae'n well 'da fi fynd mewn grŵp."

"Mae pawb yn mynd," dywedodd Jonathan yn gyflym.

Doedd hynny ddim yn wir chwaith. Roedd Christopher wedi penderfynu aros yn y gwesty. Roedd e'n flinedig ar ôl y daith. Ond wrth gwrs doedd Hayley ddim yn gwybod hynny.

"O'r gorau," meddai. "Fe fydda i'n barod mewn pum munud."


Cafodd Arfon a Dean sioc wrth weld Jonathan yn dod i mewn i'r ystafell.

"Rydw i'n mynd i'r disgo gyda Hayley," meddai wrthynt. "Ydych chi'n dod?"

Siglodd Dean ei ben. Doedd e ddim yn hoffi Jonathan o gwbl.

"Beth amdanat ti, Arfon?" gofynnodd Jonathan â gwên fach. "Yn ôl Hayley fe fyddi di'n rhy ofnus i ddod gyda ni."

Caeodd Arfon y cylchgrawn a chodi o'r gadair freichiau.

"Gadewch inni fynd," meddai'n dawel.


## 4.


Pan gyrhaeddon nhw'r disgo talodd Jonathan am y tocynnau. Roedd e eisiau gwneud argraff ar Hayley, ac a dweud y gwir roedd e wedi dod â llawer o arian poced i Sbaen. Roedd dyn mawr yn gwerthu'r tocynnau wrth y drws.

"Saeson ydych chi?" gofynnodd.

"Nage, Cymry," atebodd Hayley.

Gwenodd y dyn ar y ferch dlos.

"Rydych chi'n siarad Sbaeneg yn dda," meddai. "Mwynhewch eich hunan."

Yn y disgo roedd Jonathan eisiau prynu potelaid o win iddynt, ond dywedodd Hayley y byddai'n well ganddi hi yfed Coke.

"Fe gaf i Coke hefyd," meddai Arfon. "Dydw i ddim yn hoffi gwin."

Daeth gweinydd â'r diodydd a thalodd Arfon. Wrth lwc doedd y diodydd ddim yn ddrud. Doedd dim llawer o arian poced gan Arfon.

Aethant i eistedd wrth fwrdd yng nghornel yr ystafell. Doedd Hayley ddim yn teimlo'n gyffyrddus achos doedd dim llawer o ferched yn y neuadd. Hefyd, roedd Jonathan yn siarad gormod ac roedd Arfon yn rhy dawel. A dweud y gwir, roedd Hayley yn hoffi Arfon ond roedd e'n rhy brysur gyda'i chwaraeon i fynd i'r caffe neu'r sinema gyda'r nos fel ei ffrindiau eraill, felly doedd hi ddim yn ei nabod yn dda.

"Dere i ddawnsio, Hayley," meddai Jonathan yn sydyn.

Edrychodd Hayley o'i chwmpas. Doedd neb arall yn dawnsio. Ond roedd Jonathan wedi codi'n barod ac roedd rhaid iddi ei ddilyn.

Roedd Jonathan yn dawnsio'n dda, ond roedd yn hoffi tynnu sylw ato'i hun. Pan sylweddolodd fod y bechgyn i gyd yn syllu ar y Gymraes brydferth, dechreuodd ddawnsio'n wyllt. Cyn bo hir, dechreuodd bechgyn eraill ddawnsio o gwmpas Jonathan a Hayley. Yna symudodd un o'r bechgyn rhyngddynt a dechreuodd ddawnsio gyda Hayley. Ceisiodd Jonathan wthio'r bachgen allan o'r ffordd, ond roedd y Sbaenwr yn rhy fawr ac yn rhy gryf.

Gwelodd Arfon Jonathan yn dod yn ôl at y bwrdd ar ei ben ei hun.

"Ble mae Hayley?" gofynnodd.

"Mae hi'n dawnsio gyda Sbaenwr," atebodd

Jonathan.

"Ddylet ti ddim bod wedi ei gadael hi ar ei phen ei hun," meddai Arfon yn ddig.

Cododd Jonathan ei ysgwyddau a chododd ei ddiod i'w wefusau. Roedd e wedi colli diddordeb yn Hayley. Peidiodd y miwsig a dechreuodd y bobl adael y llawr dawnsio.

"Diolch," meddai Hayley wrth y llanc a oedd wedi dawnsio gyda hi.

Dechreuodd hi symud i ffwrdd ond daliodd y llanc ei braich.

"O ble rwyt ti'n dod?" gofynnodd e. "Ffrainc? Yr Almaen?"

Atebodd Hayley ddim. Doedd hi ddim yn hoffi'r wên ar wyneb y llanc.

Pan welodd Arfon fod Hayley yn ceisio ei rhyddhau ei hunan, cododd yn gyflym a cherdded at ganol y neuadd. Daeth â'i law i lawr ar fraich y Sbaenwr.

Trodd y Sbaenwr i'w wynebu a gwelodd Arfon ei fod yn ugain oed o leiaf. Ond doedd Arfon ddim yn poeni am hynny. Roedd ei feddyliau i gyd ar Hayley.

"Pwy yw hwn?" gofynnodd y Sbaenwr i Hayley.

"Fy nghariad," ebe'r ferch yn gyflym.

Cwrddodd llygaid y ddau lanc am foment. Roedd y Cymro'n iau ac yn llai na'r Sbaenwr ond roedd yn edrych yn benderfynol iawn, ac roedd ei law yn teimlo'n gadarn ar fraich y Sbaenwr.

18

Petrusodd y Sbaenwr achos roedd ei ffrindiau i gyd yn edrych arno, ond yna rhyddhaodd fraich y Gymraes.

"Diolch am y ddawns," meddai gan geisio gwenu. Yna trodd a cherddodd i ffwrdd.

## 5.

Arhoson nhw ddim yn hir yn y disgo. Roedd Hayley'n teimlo'n nerfus ar ôl y trafferth gyda'r Sbaenwr.

"Rydw i am fynd yn ôl i'r gwesty," meddai wrth Jonathan ac Arfon a phrotestion nhw ddim.

Cyrhaeddon nhw'r gwesty am chwarter wedi un ar ddeg. Aeth Hayley a Jonathan i fyny i'w hystafelloedd ar unwaith ond arhosodd Arfon wrth ddesg y gwesty am funud neu ddau i ddarllen pamffledi a oedd yn hysbysebu pethau i'w gwneud yn ardal Oviedo.

Roedd yn cyrraedd pen y grisiau pan agorodd drws ar y chwith iddo ac ymddangosodd Miss Griffin mewn gŵn nos hir.

"Arfon," meddai hi'n syn. "Dydych chi ddim yn y gwely eto? Ble rydych chi wedi bod? Ydych chi ar eich pen eich hunan?"

"Fe . . . fe es i allan am dro bach," ebe Arfon. Yna ychwanegodd: "Rydw i ar fy mhen fy hunan."

"O," meddai Miss Griffin. "Tro bach, yn wir!

19

Rydw i'n mynd i weld perchennog y gwesty. Fe fydda i'n delio â chi yfory . . ."

Yn y bore cwrddodd Miss Griffin a Jonathan ar eu ffordd i'r ystafell fwyta.

"Fe aeth Arfon allan neithiwr," meddai'r athrawes. "Ac fe ddaeth e'n ôl i'r gwesty'n hwyr. Yn ôl perchennog y gwesty doedd Arfon ddim ar ei ben ei hunan. Roedd bachgen a merch gyda fe. Ydych chi'n gwybod pwy oedden nhw, Jonathan?"

Siglodd y bachgen ei ben yn araf fel petai'n meddwl yn ddwys.

"Does dim syniad 'da fi, Miss," atebodd yn ddiniwed. "Fe arhosais i yn fy stafell i gyda Christopher trwy'r nos."

"Diolch, Jonathan."

Felly, Arfon a Dean oedd y ddau fachgen, meddyliodd Miss Griffin; ond pwy oedd y ferch? Soniodd hi am y mater wrth y gyrrwr tra oedden nhw'n cael brecwast.

"Anghofiwch bopeth," meddai Dai Williams. "Maen nhw i gyd wedi dod yn ôl yn ddiogel."

Meddyliodd Miss Griffin am funud.

"Rydych chi'n iawn, Mr Williams," meddai. "Dydw i ddim am wneud ffws yn ystod y trip ond fydda i ddim yn anghofio. Fe fydda i'n sôn am y mater wrth y prifathro pan ddychwelwn ni i Gwm Alaw. Fydd Arfon ddim ar y trip ysgol nesaf!"

# 6.

Arhosodd Jonathan am gyfle i siarad â Hayley ar ei phen ei hun.

"Duw, mae pen mawr 'da Arfon," meddai tra oedden nhw ar eu ffordd i'r bws mini.

Trodd y ferch a syllu arno.

"Beth?"

"Mae Arfon wedi bod yn ymffrostio wrth Christopher a Dean sut achubodd e di yn y disgo neithiwr. Mae dychymyg byw 'da fe. Mae'n dechrau siarad fel Rambo nawr!"

Aeth wyneb Hayley yn goch. Oedd, roedd hi wedi cael ofn yn y disgo, ond doedd dim rhaid i Arfon ymffrostio fel yna a dweud y stori wrth bawb.

Y bore hwnnw ymwelodd y grŵp ag ysgol uwchradd y dref lle gwelsant wersi a chael cinio am hanner dydd. Sylwodd Arfon fod Hayley yn ei osgoi, a phan geisiodd siarad â hi, trodd ei phen i ffwrdd. Doedd e ddim yn deall o gwbl. Neithiwr roedd hi wedi bod mor ddiolchgar.

Yn y prynhawn aeth Dai Williams â nhw i gaffe yng nghanol y dref. Aeth Jonathan, Christopher, Hayley a Judith i eistedd gyda'i gilydd wrth fwrdd ar y teras, ac roedd rhaid i Arfon a Dean eistedd gyferbyn â Miss Griffin a gyrrwr y bws.

"Felly rwyt ti'n hoffi chwaraeon," meddai Dai

Williams wrth Arfon tra oedden nhw'n disgwyl i'r gweinydd ddod. "Pa fath o chwarae yn arbennig?"

"Jiwdo," meddai Arfon. Roedd e'n hapus i siarad â rhywun. Roedd e wedi bod yn poeni am Hayley trwy'r bore. "Mae dosbarth nos yn yr ysgol. Mae Mr French ein hathro'n drydydd *dan*."

"Pa wregys sy 'da ti?" gofynnodd Dai Williams.

"Gwregys ddu," meddai Arfon yn wylaidd. "Ond dim ond *dan* cyntaf ydw i."

"Ac ydy jiwdo'n ddefnyddiol?" gofynnodd y gyrrwr.

"Wel, sbort yw e."

Roedd Dai yn awyddus i wybod mwy.

"Petai rhywun yn ymosod arnat ti gyda ffon neu gyllell," gofynnodd, "beth fyddet ti'n wneud?"

"Rhedeg i ffwrdd nerth 'y nhraed," meddai Arfon dan wenu. "Dyna beth mae Mr French yn cynghori!"

Trodd y gyrrwr at y bachgen wrth ochr Arfon.

"Beth amdanat ti, Dean?" meddai. "Wyt ti'n gwneud jiwdo?"

Siglodd Dean ei ben.

"Nac ydw," atebodd. "Yn ystod y tymor mae gormod o waith cartref 'da fi; ac yn ystod y gwyliau rydw i'n helpu fy nhad gyda'i waith e. Dyn llaeth yw e, ac rydw i'n helpu trwy gario'r poteli neu yrru'r fan iddo fe."

Edrychodd Dai Williams arno'n syn.

"Wyt ti'n ddwy ar bymtheg oed?" gofynnodd.

"Nac ydw. Dim eto. Ond does dim llawer o draffig ar ffyrdd Cwm Alaw am bump o'r gloch y bore," meddai Dean.

Y noson honno cafodd Jonathan a Christopher barti yn eu hystafell. Roedd Jonathan wedi prynu potelaid o *champagne* a dwy sigâr fawr. Aeth Hayley a Judith i'r parti, ond chafodd Arfon a Dean ddim gwahoddiad. Doedd Miss Griffin ddim yn gwybod am y parti. Arhosodd hi yn ei hystafell gan geisio penderfynu beth i'w wneud gyda'r plant drannoeth, dydd Sadwrn.

Yn y cyfamser, hanner can milltir i ffwrdd, roedd grŵp bach o ddynion yn paratoi am fenter bwysig . . .

## 7.

Tynnodd Pierre Guyot yn ddwfn ar ei sigarét ac edrychodd drwy'r ffenestr ar y mynyddoedd uchel. Roedd e'n mwynhau'r olygfa. Roedd Guyot yn dod o Marseille lle nad oedd mynyddoedd o gwbl. Roedd e wedi byw ym Mharis hefyd, ac yn Rhufain — bob tro mewn carchar. Giangster oedd Guyot ac roedd yn ddyn peryglus.

Roedd dau ddyn arall yn yr ystafell. Sbaenwyr oedden nhw: Jaime Herrera o Barcelona, a Luis

Valbuena o Cádiz. Doedd Guyot ddim yn siarad Sbaeneg yn dda felly roedd y tri ohonynt yn siarad â'i gilydd yn Ffrangeg.

"Bydd y car heddlu ffug a'r dillad yn barod erbyn y bore," ebe Herrera wrth y lleill. "Bydda i'n mynd i'w nôl nhw'n gynnar. Cwrdda i â chi yn y goedwig ar y ffordd rhwng León a Mieres. Bydd Pierre yn newid ei ddillad am ddillad plismon yn y goedwig."

"Beth amdana i?" gofynnodd Valbuena.

"Fe fyddi di'n gyrru'r salŵn," meddai Herrera. "Byddi di'n aros amdanon ni ar y ffordd fawr rhwng Mieres ac Oviedo nes inni gyrraedd yn y car heddlu ar ôl gorffen y jobyn. Wrth gwrs, bydd rhaid iti ddewis lle da inni guddio'r car heddlu."

Agorodd e fap lle roedd wedi marcio'r lleoedd pwysig ag X.

"Bydd siop gemwaith Alfonsín ym Mieres yn cau am un o'r gloch am y siesta," meddai. "Mae arian a meini gwerthfawr yno. Rydw i'n siarad am filiynau."

Clywsant glic, a throi eu pennau. Roedd Guyot yn glanhau ei lawddryll.

"Miliynau," sylwodd y Ffrancwr. "Miliynau o beth — pesetas neu ffrancs?"

"Ffrancs . . ." atebodd Herrera dan wenu.


## 8.


Roedd Miss Griffin wedi penderfynu mynd â'r grŵp i'r mynyddoedd fore dydd Sadwrn.

"Fydd hi ddim mor boeth yn y mynyddoedd," meddai wrth yrrwr y bws. "Ac mae perchennog y gwesty wedi addo paratoi picnic inni."

Nodiodd Dai Williams ei ben. Roedd wrth ei fodd. Roedd yn hoffi gyrru ac roedd yn dechrau blino ar dref Oviedo. Aeth i fyny i'w ystafell a daeth yn ôl â map o

26

ffyrdd yr ardal. Agorodd y map ar fwrdd yn yr ystafell fwyta.

"Pa ffordd fyddwn ni'n ei chymryd?" gofynnodd i'r athrawes.

Edrychodd Miss Griffin ar y map.

"Fe hoffwn i weld León," meddai hi. "Mae pyllau glo ar y ffordd fel gartref yng Nghwm Alaw."

"Dydy León ddim i'w gweld yn rhy bell i ffwrdd," cytunodd y gyrrwr. "Ond fe fydd yn well inni gychwyn yn syth ar ôl brecwast."

Roedd y grŵp yn dawel iawn y bore hwnnw. Roedd bola tost gan Jonathan oherwydd y *champagne* ac roedd pen tost gan Christopher oherwydd y sigâr fawr roedd e wedi'i hysmygu yn y parti. Ar ben hynny doedd Hayley ddim yn siarad ag Arfon achos roedd hi'n meddwl ei fod wedi sôn wrth bawb am ei ddewrder yn y disgo.

Ond sylwodd Miss Griffin ddim ar yr awyrgylch yn y bws mini. Roedd hi'n hapus i fod yn ôl yn Sbaen, ac roedd hi'n siarad yn ddi-baid trwy'r daith.

"Edrychwch ar y mynyddoedd yma," meddai hi wrth y grŵp. "Does dim mynyddoedd fel yna yng Nghymru."

Doedd y grŵp ddim yn talu sylw. Roedd pob un ohonynt yn meddwl am bethau eraill. Roedd Judith a Dean yn meddwl am eu teuluoedd yng Nghymru; roedd Hayley yn meddwl am Arfon, ac roedd Arfon yn

meddwl am Hayley; roedd Christopher yn meddwl am
ei ben tost, ac roedd Jonathan yn meddwl am ei fola
sur.

Yn sydyn gwelodd Arfon arwydd ar fin y ffordd:
*Croeso i Mieres.* Trodd at Dean.

"Mieres," meddai'n dawel. "Yn ôl y pamffledi yn y
gwesty, mae clwb jiwdo ym Mieres, ac maen nhw'n

28

cwrdd bob bore Sadwrn."

Edrychodd Dean ar ei ffrind a deallodd ar unwaith. Roedd Arfon yn poeni am Hayley, felly doedd e ddim yn mwynhau'r trip o gwbl. Meddyliodd Dean yn gyflym.

"Miss Griffin?" meddai mewn llais uchel.

Trodd yr athrawes ei phen.

"Ie, Dean?"

"Rydw i'n teimlo'n sâl. Fe fyddai'n well 'da fi aros yma ym Mieres nes ichi ddod yn ôl y pnawn 'ma."

"Ond allwch chi ddim aros yma ar eich pen eich hunan," protestiodd Miss Griffin. "Fe fydd rhaid i rywun aros gyda chi."

"Fe arhosa i gyda fe," ebe Arfon yn sydyn. "Does dim rhaid sbwylio'r trip i bawb."

Stopiodd Dai Williams y bws yn sgwâr canolog y dref a disgynnodd Arfon a Dean gyda'i gilydd.

"Byddwch yma am bedwar o'r gloch," rhybuddiodd yr athrawes. "A pheidiwch â mynd ar goll!"

### 9.

"Beth sy'n bod arnat ti?" gofynnodd Pierre Guyot.

Taniodd Luis Valbuena sigarét.

"Dim byd; rydw i'n alaru ar ddisgwyl i Jaime ddod, dyna'r cwbl," atebodd yn llym, ond sylwodd Guyot fod llaw'r Sbaenwr yn crynu.

"Diffodda'r fatsien," gorchmynnodd Guyot. "Dydyn ni ddim eisiau dechrau tân yn y goedwig."

Chwythodd Valbuena ar y fatsien. Roedd y ddau yn eistedd mewn Seat glas mewn man agored yn y goedwig. O bryd i'w gilydd roedd Guyot yn edrych ar ei wats, achos roedd Jaime Herrera'n hwyr. Roedd Valbuena'n teimlo'n nerfus iawn. Roedd e'n meddwl am y dryll ym mhoced y Ffrancwr. A fyddai Guyot yn rhy awyddus i'w ddefnyddio?

Cyrhaeddodd y bws mini goedwig fawr hanner ffordd rhwng Mieres a León. Roedd arwydd wrth ochr y ffordd: *Lago 1km.* Roedd yr arwydd yn cyfeirio i mewn i'r goedwig.

"Beth ydy lago?" gofynnodd Dai Williams i Miss Griffin.

"Llyn ydy lago," atebodd yr athrawes. "Mae llyn yn y goedwig."

Edrychodd Dai ar banel offer y bws.

"Rydyn ni wedi bod yn dringo am fwy na hanner awr," meddai, "ac mae'r peiriant wedi twymo. Gadewch inni stopio yma a cherdded i lawr at y llyn."

"Dyna syniad da," cytunodd Miss Griffin. Roedd hi'n boeth iawn yn y bws mini. "Fe gawn ni bicnic ar lan y llyn."

Disgynnodd pawb o'r bws a dechrau cerdded ar hyd

llwybr i gyfeiriad y llyn. Roedd rhai cymylau gwyn yn yr awyr las ac yma yn y mynyddoedd roedd yr awel ysgafn yn ffres ar eu hwynebau. Roedd yr adar yn canu yn y coed o'u cwmpas.

Cyrhaeddon nhw'r llyn mewn deng munud. Doedd e ddim yn fawr, ond roedd ei ddŵr yn ddeniadol yng ngolau'r haul. Eisteddon nhw ar y glaswellt ac agor eu parseli picnic. Roedd ychydig o hwyaid yn nofio yn y dŵr a phan ddaethant yn agos, taflodd Dai Williams fara iddynt.

Edrychodd Hayley o'i chwmpas. Roedd yr olygfa'n brydferth iawn. Dechreuodd hi chwilio yn ei bag llaw.

"O," meddai wrth y lleill. "Rydw i wedi gadael fy nghamera yn y bws."

Trodd Dai Williams ati. Roedd e wedi dechrau bwyta brechdan yn barod.

"Dyma allweddi'r bws," meddai. "Efallai yr aiff un o'r bechgyn gyda chi."

Ond symudodd Jonathan a Christopher ddim. Roedden nhw'n teimlo'n rhy flinedig.

"Paid â phoeni, Hayley," meddai Judith. "Fe ddo i gyda ti."

Tra oedden nhw'n dringo'r llwybr dywedodd Judith:

"Pam wyt ti mor grac wrth Arfon, Hayley? Beth mae e wedi'i wneud iti?"

"Yn ôl Jonathan, mae Arfon wedi bod yn ymffrostio

wrth bawb am noson y disgo," atebodd Hayley.

"Wel, yn fy marn i mae Jonathan wedi dweud celwydd wrthyt ti," meddai Judith. "Rydw i wedi siarad â Dean a Christopher a doedden nhw'n gwybod dim am y peth. Dydy Arfon ddim wedi siarad â neb am y disgo. A phetai Arfon yn gwybod beth mae Jonathan wedi'i ddweud . . ."

Yn sydyn clywson nhw sŵn car yn y goedwig. Roedd y peiriant yn rhuo.

"Mae'r gyrrwr 'na ar frys," ebe Judith. "Ac roeddwn i'n meddwl bod bywyd yn araf yn Sbaen."

Cyrhaeddon nhw groesffordd yn y llwybrau.

"Edrycha!" gwaeddodd Judith. "Cwningod. O maen nhw'n bert!"

"Dyma'r ffordd at y bws," meddai Hayley, ond yn rhy hwyr. Roedd Judith eisoes yn diflannu rhwng y coed . . .

## 10.

Daeth Arfon a Dean o hyd i'r clwb jiwdo mewn heol fach ger sgwâr canolog y dref. Roedd y clwb ar agor ond petrusodd Dean wrth y drws.

"Dydw i ddim eisiau mynd i mewn," meddai wrth Arfon. "Mae'n well 'da fi grwydro o gwmpas y dref ac edrych ar y siopau."

"O'r gorau," meddai Arfon. "Gyda llaw, faint o'r gloch yw hi?"

Edrychodd Dean ar ei wats.

"Bron un ar ddeg," atebodd. "Beth am gwrdd â fi yn y sgwâr am un o'r gloch a chael rhywbeth i'w yfed mewn caffe?"

Nodiodd Arfon ei ben.

"Iawn," meddai. "Tan un o'r gloch, felly."

Aeth i mewn i neuadd lle roedd grwpiau o bobl mewn dillad jiwdo yn ymarfer ar fat enfawr. Doedd ei ddillad jiwdo ddim gan Arfon, felly aeth i eistedd ar gadair wrth wal y neuadd. Sylwodd neb arno. Roedden nhw i gyd yn brysur â'u hymarferion. Ond roedd Arfon yn gallu mwynhau'r awyrgylch, achos yma roedd yng nghwmni pobl oedd â'r un diddordebau ag e. Gallai anghofio am Miss Griffin, Jonathan a Hayley am ddwy awr o leiaf.


Stopiodd Jaime Herrera y car heddlu ffug wrth ochr y Seat glas a gwaeddodd drwy'r ffenestr agored:

"Wel, beth rydych chi'n feddwl?"

Daeth y ddau giangster allan o'r Seat a syllu ar y car heddlu.

"Perffaith," meddai Luis Valbuena. "Mae e'n berffaith."

Roedd Herrera'n gwisgo dillad plismon yn barod. Aeth i agor cefn y car heddlu.

"Dyma ddillad i ti, Pierre," meddai wrth Guyot. "Rhaid iti newid ar unwaith." Edrychodd ar ei wats. "A brysia. Does dim llawer o amser 'da ni."

Cymerodd y Ffrancwr y dillad a dechreuodd dynnu ei ddillad ei hun.

"Mae bws mini wedi'i barcio ar y ffordd fawr," ebe Hererra wrth Luis Valbuena. "Ydych chi wedi gweld neu glywed unrhyw beth?"

Siglodd Valbuena ei ben.

"Naddo," atebodd. "Dim byd."

"Bws o Brydain yw e," meddai Herrera. "Efallai eu bod nhw wedi mynd i weld y llyn."

Cododd Valbuena ei ysgwyddau. Roedd e'n meddwl am bethau eraill.

"Gaf i gychwyn nawr?" gofynnodd. "Dydw i ddim yn gwneud dim byd yma."

"Cei," atebodd Herrera. "Cymer y Seat a chwilia am le da ar y ffordd fawr tu hwnt i Mieres. Arhosa amdanon ni yno."

Trodd Luis Valbuena a cherdded yn ôl at y Seat. Yna clywodd e Guyot yn rhegi yn Ffrangeg.

"Beth sy'n bod, Pierre?" gofynnodd Herrera, gan droi ato.

Roedd y Ffrancwr wedi gwisgo ei drowsus yn unig, ac roedd e'n dal ei grys yn ei law chwith a gwn yn ei law dde. Yna sylweddolodd Herrera fod Guyot yn cyfeirio'r gwn at ddwy ferch a oedd yn sefyll ar gwr y coed gan edrych yn ofnus iawn.


## 11.


Aeth Miss Griffin a Dai Williams am dro o gwmpas y llyn bach, ond roedd Jonathan a Christopher yn dal i

35

orwedd ar y glaswellt ar lan y dŵr.

Erbyn hyn roedd Miss Griffin yn gwybod popeth am yrrwr y bws. Roedd Dai yn byw ar ei ben ei hun mewn pentref ar waelod Cwm Alaw. Doedd e ddim wedi priodi, ac roedd e'n hoffi chwarae bingo yn ei glwb neu wylio ffilmiau ar y teledu.

Doedd Miss Griffin erioed wedi chwarae bingo ac fel arfer roedd hi'n aros gartref gyda'r nos i farcio gwaith cartref neu i ddarllen nofelau clasurol. Ond roedd hi'n hoffi Dai Williams; dyn syml oedd e, a doedd e ddim yn poeni am ddim.

Yn sydyn meddyliodd hi am y ddwy ferch.

"Tybed ble mae Judith a Hayley?" gofynnodd yn bryderus. "Fe aethon nhw i nôl y camera mwy na hanner awr yn ôl."

Trodd Dai Williams ati a gafael yn ei llaw.

"Peidiwch â phoeni, Marjorie," meddai dan wenu. "Fyddan nhw ddim yn hwyr. Mae'n rhaid ichi ddysgu ymlacio."


"Mewn i'r car!" gorchmynnodd Jaime Herrera'n llym.

Doedd dim dewis gan y ddwy Gymraes. Roedd eu dwylo mewn gefynnau. Agorodd Pierre Guyot ddrws cefn y car heddlu a'u gwthio i mewn.

Doedd y ddau giangster ddim yn siŵr faint roedd y merched wedi'i glywed, felly penderfynon nhw fynd â nhw i Mieres.

"Fe fydd gwystlon yn ddefnyddiol iawn os bydd pethau'n mynd o chwith," ebe Herrera.

Aeth i eistedd y tu ôl i'r olwyn ac eisteddodd y Ffrancwr wrth ei ochr. Taniodd Herrera y peiriant a chychwynnon nhw i gyfeiriad Mieres.

"Fydd dim llawer o blismyn yn y dref heddiw," meddai wrth Guyot. "Mae *fiesta* yn León. Mae papurau ffug ym mhoced y drws wrth dy ochr di. Yn ôl y papurau 'na rydyn ni wedi bod yn gweithio yn León y bore 'ma, ac nawr rydyn ni ar ein ffordd yn ôl i swyddfa'r heddlu yn Santander."

Roedd Hayley a Judith yn eistedd yn ddistaw y tu ôl i'r ddau giangster. Roedden nhw'n astudio Ffrangeg yn yr ysgol ac roedden nhw'n dilyn bron bob gair. Roedden nhw'n dechrau deall y sefyllfa, ac roedd yn sefyllfa beryglus iawn. Yn sydyn meddyliodd Hayley am Arfon. Roedd hi wedi bod yn grac wrtho, ond nawr roedd hi eisiau ymddiheuro wrtho. Ond a fyddai hi'n cael cyfle i siarad ag Arfon eto? Caeodd ei llygaid a cheisio anghofio popeth.

## 12.

Edrychodd Dean ar ei wats: pum munud i un. Roedd e wedi bod yn cerdded am ddwy awr ac roedd wedi blino'n lân. Nawr roedd ar ei ffordd i gwrdd ag Arfon am un o'r gloch fel roedden nhw wedi'i drefnu.

Stopiodd o flaen siop gemwaith yn y sgwâr fawr: *Chez Alfonsín*. Roedd y siop yn llawn meini gwerthfawr, watsys a chlociau, ac roedden nhw i gyd yn ddrud, cannoedd o bunnoedd yr un. Dim ond deg punt yn arian Sbaen oedd ym mhoced y bachgen o Gymru. Mae'n rhaid bod yn filiynydd i siopa yma, meddyliodd Dean yn chwerw, neu'n lleidr!

Parciodd Jaime Herrera y car heddlu ar ochr y sgwâr, ganllath o siop Alfonsín.

"Rho'r dryll i fi," dywedodd wrth Pierre Guyot.

"Ond beth am y merched?" protestiodd y Ffrancwr. Roedd Guyot yn teimlo'n noeth heb ei ddryll.

"Mae pastwn 'da ti, on'd oes?" atebodd Herrera. "Wel, defnyddia fe os bydd angen."

Daeth allan o'r car, caeodd y drws y tu ôl iddo, a dechreuodd gerdded i gyfeiriad y siop gemwaith. Canodd cloc y sgwâr unwaith. Agorodd drws siop Alfonsín a daeth dau berson allan — dyn a merch. Cerddodd Herrera yn gyflymach.

"Señor Alfonsín!"

Trodd y dyn ato.

"Ie?"

"Rydyn ni wedi ceisio cysylltu â chi ar y ffôn. Gaf i siarad â chi am funud?"

"Wrth gwrs," atebodd y dyn, a throdd at y ferch.

"Cer di adref, Carla," meddai wrthi. "Fe wela i di am bedwar o'r gloch . . . A chi, Señor, dewch i mewn i'r siop."

Dilynodd Herrera e i mewn i'r siop, gan gau'r drws yn dawel y tu ôl iddynt. Roedd yn amlwg nad oedd Señor Alfonsín yn amau dim.

"Nawr 'te," meddai perchennog y siop. "Beth alla i . . .?"

Orffennodd e mo'r frawddeg. Cododd Herrera y dryll a daeth â fe i lawr yn drwm ar ben Señor Alfonsín.

## 13.

Roedd y ddwy awr wedi mynd heibio'n gyflym yn y clwb jiwdo ac roedd pawb ar eu ffordd i gael cawod ar ôl yr ymarfer. Cododd Arfon ac aeth at y drws. Roedd e'n gwybod bod Dean yn aros amdano yn y sgwâr.

Roedd yr haul yn gryf yn y stryd a phan gyrhaeddodd Arfon y sgwâr gwelodd fod mwyafrif y bobl yn eistedd y tu allan i'r caffes gan ei bod hi'n rhy boeth i gerdded yn bell.

Edrychodd ar y cloc ar neuadd y dref: deng munud wedi un o'r gloch. Yna gwelodd Dean. Roedd hwnnw'n sefyll ger car heddlu ar ochr arall y sgwâr. Gwaeddodd Arfon arno ond trodd Dean mo'i ben, felly penderfynodd Arfon groesi'r sgwâr ac ymuno ag ef.

Roedd Dean wedi clywed llais Arfon ond roedd yn canolbwyntio ar rywbeth arall. Roedd car heddlu wedi'i barcio bum llath i ffwrdd ac roedd dwy ferch yn eistedd yn y cefn y tu ôl i'r plismon yn y sedd flaen. Carcharorion oedd y ddwy ferch, mwy na thebyg. Tybed beth maen nhw wedi'i wneud? meddyliodd Dean.

Aeth yn nes at y car heddlu a syllodd i mewn. Trodd un o'r merched ei phen a chafodd Dean sioc ofnadwy. Judith oedd hi, ac roedd ei dwylo mewn gefynnau!

Gwelodd Pierre Guyot y bachgen yn dod at y car, a chlywodd e'r ddwy ferch yn siarad yn gyffrous yn y sedd gefn. Doedd Guyot ddim yn deall dim o'u hiaith ond roedd e'n gwybod bod yn rhaid iddo wneud rhywbeth. Agorodd y drws a dod allan o'r car. Aeth at y bachgen a'i slapio'n galed ar draws ei wyneb. Cymerodd Dean gam yn ôl.

Yr eiliad honno cyrhaeddodd Arfon y car heddlu. Clywodd e'r slap ond roedd rhywun yn tapio ar ffenestr y car. Edrychodd i mewn a gweld wyneb Hayley. Roedd wyneb hardd y ferch yn wyn.

Sylwodd Dai Williams fod golwg bryderus ar wyneb yr athrawes.

"Beth sy'n bod?" gofynnodd. "Ydych chi'n dal i

boeni am y merched?"

"Ydw," atebodd Miss Griffin. "Fe ddylen nhw fod yn ôl erbyn hyn."

"O'r gorau," ochneidiodd Dai. "Awn i weld lle maen nhw, 'te."

Dringon nhw'r llwybr trwy'r coed. Pan gyrhaeddon nhw'r bws doedd y ddwy ferch ddim i'w gweld yn unman.

"Ble maen nhw?" gofynnodd Miss Griffin.

"Ble mae allweddi'r bws?" meddai Dai Williams.

Trodd yr athrawes ato.

"Beth? Does dim allweddi sbâr 'da chi?"

"Oes," meddai Dai yn ddiflas. "Yn ôl yn y gwesty!"

Trodd Guyot i wynebu'r ail fachgen. Y tro yma roedd rhaid iddo newid ei dactegau. Roedd y bachgen yma'n edrych yn gryfach na'r llall. Tynnodd Guyot y pastwn o'i wregys a'i godi i'r awyr.

Gwelodd Arfon y pastwn yn dod i lawr. Doedd e ddim yn deall y sefyllfa o gwbl ond roedd rhaid iddo ei amddiffyn ei hunan. Trodd at gorff ei ymosodwr, cafodd afael yn y fraich oedd yn dal y pastwn, tynnodd y dyn i lawr dipyn, ac yna taflodd Guyot dros ei ysgwydd mewn symudiad sydyn ac esmwyth.

Glaniodd y giangster yn drwm ar y palmant a gorwedd yno dan riddfan.

Roedd y bobl ar y terasau agosaf wedi gweld popeth,

ac roedden nhw'n meddwl bod y bechgyn wedi
ymosod ar blismon. Felly dechreusant weiddi'n grac a
chodi o'u byrddau.

Agorodd Dean ddrws cefn y car.

"Nid plismon yw e ond giangster," ebe Judith. "Ac
mae giangster arall yn y siop gemwaith. Fe fydd yn
dod yn ôl, ac mae gwn 'da fe!"

Y tro yma Dean a feddyliodd gyflymaf. Roedd tyrfa
o bobl yn croesi'r sgwâr i gyfeiriad y car heddlu.

"Mewn i'r car," meddai wrth Arfon. "Nawr!"

Wrth lwc roedd Jaime Herrera wedi gadael yr allweddi yn y car. Taniodd Dean y peiriant a symudon nhw i ffwrdd.

"Ddim ffordd yma," gwaeddodd Judith. "Dyna'r siop gemwaith!"

"Does dim dewis 'da fi," atebodd Dean. "Stryd un ffordd yw hon!"

Yn sydyn agorodd drws y siop gemwaith a daeth Herrera allan gan gario bag. Edrychodd ar y car heddlu'n syn. Yna dechreuodd redeg tuag ato.

"Stop, Guyot," gwaeddodd. "Stop!" Tynnodd e'r gwn o'i boced.

Gwelodd Dean y plismon ffug o'i flaen, a throdd yr olwyn yn sydyn i'r chwith. Yn anffodus, rhedodd y giangster i'r un cyfeiriad, a doedd y bachgen ddim yn gallu ei osgoi. Trawodd bonet y car Herrera a chafodd y Sbaenwr ei daflu yn erbyn postyn yn ymyl y ffordd. Syrthiodd i'r llawr gan ddal ei goes chwith. Roedd y gwn wedi disgyn yn bell i ffwrdd.

Stopiodd Dean y car. Roedd ei wyneb yn chwys i gyd. Agorodd rhywun ddrws y car a'i dynnu allan. Roedd pawb yn gweiddi arno ef ac Arfon fel petaen nhw'n mynd i'w crogi.

Yna daeth Hayley allan o'r car a dechrau siarad â'r bobl yn Sbaeneg. Doedd hi erioed wedi siarad fel yna yn ei bywyd. Siaradodd am y ceir yn y goedwig, am y dynion yn gwisgo dillad heddlu, am siop Alfonsín, ac

44

am y trydydd giangster a oedd yn disgwyl am ei ffrindiau ar y ffordd i Oviedo.

Pan beidiodd â siarad, aeth dyn i'r siop gemwaith i weld a oedd y stori'n wir. Pan ddaeth yn ôl, dywedodd fod yn rhaid ffonio'r heddlu ar unwaith.

Doedd dim angen. Daeth car heddlu i mewn i'r sgwâr â'i deiars yn sgrechian. Roedd Miss Griffin yn eistedd yn y sedd gefn.

## 14.

Y noson honno cwrddodd y bobl ifanc i gyd yn ystafell Hayley a Judith. Wel, na, nid pob un. Roedd Jonathan yn eistedd yn ystafell Miss Griffin gan siarad â hi am noson y disgo.

"Doedd dim bai ar Arfon y noson 'na," meddai wrth yr athrawes. "Fi drefnodd y noson gan ddweud celwydd. Fe ddywedais i wrth Arfon a Hayley eich bod chi wedi rhoi caniatâd inni fynd allan."

"Ac wedyn fe ddywetsoch chi gelwydd arall wrtho i pan ofynnais i pwy oedd yng nghwmni Arfon y noson honno," sylwodd Miss Griffin.

"Do, fe ddywedais i ddau gelwydd," cyfaddefodd Jonathan. "Os ydych chi'n bwriadu sôn am y disgo wrth y prifathro, fe fydd rhaid ichi ddweud fy mod i'n gyfrifol am bopeth."

Meddyliodd Miss Griffin am eiriau Jonathan. Meddyliodd hefyd am y trip i gyd.

"Peidiwch â phoeni," meddai o'r diwedd. "Rydw i'n mynd i anghofio'r holl beth. Rydyn ni i gyd yn gwneud camgymeriadau, Jonathan. Diolch am fod mor onest."

Yn y cyfamser roedd aelodau eraill y grŵp yn dathlu yn ystafell y ddwy ferch. Roedd Arfon yn eistedd nesaf at Hayley ac yn dal ei llaw, ac roedd Judith yn syllu yn wyneb Dean tra oedd e'n dweud hanes y giangsters wrth Christopher. Yng ngolwg Judith roedd Dean yn arwr mawr. Dechreuodd hi sôn am y ffordd roedd e wedi defnyddio'r car i daclo'r giangster â'r gwn.

"Roeddet ti mor ddewr, Dean," sibrydodd. "Ac mor glyfar!"

Cochodd Dean.

"Mae'n rhaid i fi fod yn onest," meddai wrthi hi. "Doeddwn i ddim yn ddewr o gwbl. Fe geisiais i stopio'r car ond yn lle pwyso ar y brêc, fe bwysais ar y sbardun . . .!"